A mesa do escriba
Eduardo Langagne © 2023
Antologia selecionada pelo autor exclusivamente
para a editora Rua do Sabão

Edição: Felipe Damorim e Leonardo Garzaro
Assistente Editorial: Leticia Rodrigues
Tradução: Camila Assad e Reynaldo Damazio
Arte: Vinicius Oliveira e Silvia Andrade
Revisão: Miriam Abões
Preparação: Ana Helena Oliveira e Lígia Garzaro

Conselho Editorial:
Felipe Damorim, Leonardo Garzaro, Lígia Garzaro,
Vinicius Oliveira e Ana Helena Oliveira.

Dados Internacionais de Catalogação na Publicação (CIP)
(Câmara Brasileira do Livro, SP, Brasil)

L271
    Langagne, Eduardo
    A mesa do escriba / Eduardo Langagne; Tradução de Camila Assad, Reynaldo Damazio. – Santo André - SP: Rua do Sabão, 2023.
    116 p.; 14 X 21 cm
    ISBN 978-65-86460-96-4
    1. Poesia mexicana. I. Langagne, Eduardo. II. Assad, Camila (Tradução). III. Damazio, Reynaldo (Tradução). IV. Título.

CDD M861

Índice para catálogo sistemático
I. Poesia mexicana
Elaborada por Bibliotecária Janaina Ramos – CRB-8/9166

[2023] Todos os direitos desta edição reservados à:
Editora Rua do Sabão
Rua da Fonte, 275 sala 62B - 09040-270 - Santo André, SP.

www.editoraruadosabao.com.br
facebook.com/editoraruadosabao
instagram.com/editoraruadosabao
twitter.com/edit_ruadosabao
youtube.com/editoraruadosabao
pinterest.com/editorarua
tiktok.com/@editoraruadosabao

A MESA DO ESCRIBA

Eduardo Langagne

Este conjunto de poemas provém de diferentes livros que publiquei de 1980 até hoje e agora se reúnem neste volume. Cada poema nasceu com sua própria nudez ou sua vestimenta particular, incluindo o uso ou não de maiúsculas, o uso ou não de pontuação, e suas combinações, pois obedecem a diferentes momentos de experimentação e busca da melhor expressão dos conteúdos em formalidade do poema, que mesmo em verso livre é verso. É por isso que mantenho cada poema em sua versão original. Sei que as diferenças podem surpreender um pouco mais o editor do que o possível leitor, sempre generoso. Cada poema é, sim, uma peça distinta. Estas páginas propõem a sua plena coexistência na diversidade do mundo atual.

Eduardo Langagne

Testemunho

Para Paola

Mesmo se souber
que o mundo
explodirá esta noite,
hoje também te diria
com um beijo
"até amanhã".

Morte de Rilke

Onde li que Rainer Maria Rilke morreu
com infecção causada pela picada na mão
do espinho de uma rosa?

A rosa não vem ao meu poema,
vem o espinho da rosa.
Mas o espinho não chega ao papel,
crava na palma da mão
de Rainer Maria Rilke.
De lá brota uma gota de sangue
e escorre em meu poema
uma rosa mínima.

O engenhoso fidalgo

Dom Miguel de Cervantes,
já velho
manco e desdentado,
inicia a maior lição
de nossa vida:

um pentassílabo
que todos repetimos
  Num lugar da Mancha.

Acrescenta um decassílabo
clássico e formal
  de cujo nome não quero lembrar-me,
talvez mais culto e refinado.

O primeiro é popular
  ibérico,
  castelhano,
  manchego,
o outro
importado
por Boscán e Garcilaso
desde a bota
que os mapas calçam
com orgulho milenar.

A má memória é voluntária
  de cujo nome não quero lembrar-me,
ou é o lirismo culto
de mestre do clero?

Ao primeiro cantam
os menestréis
acompanhados
de um alaúde que vibra
agudo
como um provérbio
sentencioso.

É a voz popular
aquela que principia
a mais prodigiosa
lição da nossa língua.

Reflexão

A única maneira de que o mundo
alcance uma extensão ilimitada
é a poesia

Se as coisas esperam pacientemente sua palavra
entre a mais antiga obscuridade do mundo
foi porque precisavam dessa luz

E se o mundo se explica com palavras
que assim seja
talvez nunca alcancemos essa música
mas é a tarefa interminável

Atenção

Você pode me reconhecer, amor,
entre a multidão:

sou aquele que está cantando.

Trabalhos

há um cheiro que cresce
nas mãos do homem que faz o pão
para o vizinho
que é carpinteiro
e pregou dois pedaços de madeira
para que o homem que faz o pão
possa sentar
comer esse pão que o homem fez
e o reparte
em dois
para o oleiro comer
e então o oleiro traz um jarro
onde está a água que os homens bebem
onde o poeta bebe e lê seus versos
e há alguns que ouvem porque sabem
que um verso é uma pedra
e comem outro pão que o homem traz

O trabalho

Tenho uma mesa.
Posso escrever *tenho uma mesa*.
Tenho uma cadeira.
Posso escrever *tenho uma cadeira*.
Mais ainda:
tenho papel e tinta.
Posso escrever no papel, com esta tinta.

Mas a poesia não está no que já tenho.
A poesia me diz
que está no que me falta.

O trabalho do rio

É trabalho do rio
decifrar o segredo da água.
Aos homens do mundo,
às mulheres, às crianças,
também corresponde
decifrar o trabalho do rio.

Como um rio nascemos,
desviamos dos perigos,
nosso leito se alarga.

Outras águas nos fazem crescer:
nascentes e chuvas,
fios de água,
nutrem nosso leito imperfeito
que avança e avança
expandindo seu curso.

E aqui seguimos
ao encontro do mar
que é o sonho de todos.

Palavras que deslizam

A palavra cobra desliza em minha página.

É uma palavra, não é uma serpente.

Se escrevo cobra, serpente,
uma imagem rasteja até o leitor,
o sentimento desliza.

Se escrevo víbora,
se adicionar a palavra cascavel,
não é uma víbora cascavel que rasteja pela página,
é a minha escrita que desliza entre o silêncio.

Já soa a cascavel:
o perigo se aproxima,
a víbora circunda:
tenho medo que injete seu veneno,
medo das presas que me impedem de respirar.

Se viro a página o perigo acaba.

A memória

A matéria do canto é a memória,
não o que viste, pois o cego então
não cantaria jamais.

E nem o que escutaste, pois o surdo
não teria escrito dolorosamente
aquela sinfonia com os coros
que estremecem teu coração.

E o tato, que é efêmero,
decide transpor para a memória
o que aceitou ser tocado.

Hoje podes aromatizar a sopa de favas
Que López Velarde costumava lembrar:

Não há prato algum e ninguém cozinha,
mas o sabor fica guardado em tua memória
e o saboreias sempre, em silêncio.

Não deves esquecê-lo. É evidente:
a matéria do canto é a memória.

Consequências

I

A memória está obscura.
Onde a fumaça dispersa suas cinzas,
as horas retrocedem.
Um caranguejo de poeira se junta na morte.
O sol se despedaça contra o chão.

II

A memória é um rastro complicado.
Persegue-se em círculos.
Enlouquece como um homem em chamas.

III

A memória canta. Afina o violão
com a mesma amargura
de um cego de voz desafinada
que passa as pontas dos dedos
na superfície áspera do medo.

Definições

Ela é feita à semelhança das coisas que amo.
Parece a noite,
ou melhor: uma noite sem ausências

Ela é exata.
Quando a noite escorre, seu corpo umedece.
Me permite escalar meus tremores
e agitar seu nome desde a escuridão.

Ela é irrepetível.
Nasceu nas pedras onde inicia minha desordem.

Pedras

não temos a casa ainda,
temos pedras; algumas.
pedaços de pão, temos um pouco de vinho
mas a casa não;
no entanto, temos escuridão,
porque ainda não temos luz;
temos algumas lágrimas e beijos,
outras coisas igualmente ridículas temos,
mas não a casa, talvez
paredes que se levantam muito devagar,
mas ainda não temos casa
onde encontrar o frio, a solidão,
 a chuva,
mas acima
temos um céu como lençol
e abaixo um delicioso inferno
por onde perambulamos
recolhendo pedras.
"hoje não me levas, morte, caveira,
não vou, não quero ir.
hoje não vou nem entrego meu barco de papel,
meu braço, meu violão, hoje não,
hoje jogo pedras somente,
poemas,
muitas pedras contra teu rosto
— não nego, doce
rosto —
atiro pedras

arranco meu coração e arremesso para você.
hoje não, morte, hoje não vou, não quero,
preciso fazer a casa."
e estou vivo
quando arremesso palavras, muitas palavras.
fogo.

O truque

Meus ossos irradiam luz
e minha mão fica transparente

O truque agora consiste
em deixar o papel iluminado

Percussões

(Canto grave para tambor solo)
As comunidades originárias do norte do México cantam e tocam em um tambor de pele de cobra esticada para lamentar a secura da mãe terra, que está rachando...

mãe
mãe morta

meu tambor sobre teu túmulo, mãe morta

soa a pele do tambor sobre o teu túmulo
e minhas mãos sobre a pele do tambor sobre teu túmulo

as unhas de minhas mãos
golpeiam o couro do tambor sobre teu túmulo
mãe morta

o sangue das unhas de minhas mãos
sobre o couro do tambor sobre teu túmulo

o sangue do teu corpo está nas unhas de minhas mãos
que golpeiam o couro do tambor
sobre o túmulo teu túmulo mãe morta

Navegantes

Navegar é preciso
Viver não é preciso

Se a constelação indica o rumo,
Deve-se olhar para cima
e capturar aquela estrela no olhar.
Mas com tamanha distância,
ignorar é a rota a navegar.

Navegar é preciso
Viver não é preciso

Não se corrige o leme endireitando o barco.
A bombordo se escreve.
A estibordo se descansa mas late furioso o coração.
A tempestade se aproxima, o vigia sabe e grita.
Em que maldito mar intrometemos o destino?
Em que oceano interminável decidimos aprender a viver?

Navegar é preciso
Viver não é preciso

Enterraram o norte da bússola
na costela falsa de seu flanco esquerdo.
Abriram os braços
até alcançar os extremos do antigo horizonte
e o peixe-espada perfurou as palmas de suas mãos
e as pregou num mastro úmido e altíssimo.

Olharam docemente para o céu,
uma coroa de sal feriu sua testa.
Não posso supor que houve lágrimas,
dos homens mais rudes se diz que não choram.
Três dias depois,
no tempo de captura do bacalhau,
foram soltos dos mastros todos os homens robustos.
Mas nunca subiram ao céu
porque lhes é preciso navegar.

Jogo

Meu pequeno Pablo
sorri com o menino do espelho
ao descobri-lo.

Agita os braços
e grita
com a cópia perfeita de sua imagem.

Não sabe nada do reflexo,
não adivinha que o pequeno a quem sorri
poderia ser ele mesmo.

De sua parte,
o Pablo refletido no espelho
se vê nos olhos do Pablo que o olha
  e se reflete nos olhos
de quem se reflete nos olhos
de quem se reflete.
Mas qual de todos esses Pablos
  é o meu?

Quem é meu Pablo entre os inumeráveis
  refletidos?

Às vezes a pupila indica
com um brilho estranho
quem é o verdadeiro.

Ao observar detidamente
começo também a me repetir.

Até que ambos existimos apenas no espelho
e quem está fora se surpreende
com sua exata semelhança conosco.

Canto para o homem que bebia música

Vem bêbado o nosso homem
Em suas pernas arrasta o segredo de Deus
Tropeça no ar como um pássaro cego
As palavras de seu lento álcool
as crianças e as árvores entendem
Agoniza entre os muros da cidade distante
sob o céu cinzento de um amor perdido
Não tem mais dores além do seu álcool
em seus braços a força de uma fera ferida
Seu peito finalmente se esgota
e seu punho se crispa como um ninho apedrejado
onde agoniza o trinado de um pardal do vento

Poema do filme

Este poema não é um filme.

Por isso não veem a praia
nem uma adolescente
que molha os pés.

Nem sua pele bronzeada, morena.

Não é um vídeo.
Nele não está gravado o sorriso
da mãe que cuida do seu pequeno na areia.

Não verão os dois jovens correndo para o sol.

Somente palavras chegarão até vocês.
As imagens terão que se realizar em sua cabeça.
Se existe algum sentimento no poema
se expressará em vocês. Dentro de vocês.

Se puderem ver a praia
e a garota que se molha no mar,
já sabem a cor de seu traje,
adivinham o tom de seus olhos;
reparam no comprimento de seu cabelo,
reconhecem sua silhueta.

E se nunca tivessem visto uma praia
nem alguns pés que se molham à beira-mar,
podem imaginar.

Este poema pode existir
se suas palavras fazem
vocês sentirem

E se nada sentiram,
se nada imaginaram
se estas palavras
não constituem um poema
foi apenas tempo perdido.
Tempo sem praia e sem garota
que vocês perderam irremediavelmente.

Cavalgando

Meu pai pode alcançar de repente o silêncio
e depois se lembrar de um cavalo nervoso
e andar com ele por toda sua memória
e amarrar o bezerro teimoso
e marcar o touro com ferro ardente
e laçar a galope com corda vigorosa
e habilmente dominar o sonho
despertar com o canto do galo da madrugada
e beber água pura em um poço profundo
e com tanto frescor
galgar a manhã
montar o dia a pelo
andar ligeiro
até que uma cidade terrível o receba
com um soco na cara
e uma paisagem que acaba
a poucos metros de seus olhos limpos

Os homens que sabem montar os brutos com firmeza
sabem manter o coração disposto

Por isso com meus versos dou a meu pai
um animal enorme
   de patas brancas e brioso
e o fará relinchar
   e vocês o verão com a rédea segura
     — luminosa e nobremente —
   cavalgando sobre a neblina

Flashback

Meu pai galopava em seu enorme alazão.
Súbito, freava e se voltava para mim,
testemunha surpresa à sombra da árvore.

Era um belo cavalo aquele, exemplar:
crina orgulhosa e trote convencido,
o melhor animal que havia naquele lugar.

— Mas meu pai deseja conseguir para mim
um ainda melhor.
Para o dia em que eu cavalgue sozinho.

Colocarei a maçã

*Guilherme Tell não entendeu seu filho
que um dia se cansou da maçã na cabeça [...]
e se assustou quando o garotinho disse:
"Agora é a vez do pai colocar a maçã na cabeça."*
— Carlos Varela

Colocarei a maçã na minha cabeça,
se aprendeu a atirar, confio em você.
E se ainda não é o tempo devido,
saberemos depois que atirar.
De qualquer modo,
colocarei a maçã na minha cabeça.

A mesa do escriba

"Não sou escritor,
sou um escritório"
havia traçado Pessoa
com um íntimo ritmo marítimo
no papel amarelado como um mapa
sobre a mesa hostil
onde escrevia
as cartas comerciais
de sua sobrevivência.
E Álvaro de Campos tinha pensado:
"não sou uma pessoa,
sou um personagem",
enquanto Fernando escrevia
em sua mesa múltipla
as vozes mais expressivas do século convulsivo.
"Não sou uma viagem,
sou um viajante",
diria Ricardo Reis
quando se mudava para o Brasil
com seu Fernando Pessoa no coração
para se perder
em um continente de rostos misteriosos,
aparentes e vagos.
E Caieiro, o mestre,
teria refletido:
"não sou autêntico,
sou idêntico",
em sua ânsia de se diluir
na natureza

enquanto Fernando abriu envelopes mercantis
e preparava respostas lógicas, triviais.
Mas na mesa comercial do escriba,
enquanto um barco de carga resistindo à tempestade
trazia seu salário
para o porto e a tinta,
apareciam mais nomes de homens verdadeiros.
"Não sou este instante", teria escrito
Pessoa,
"sou o tempo".

Pessoa, Personae

Desculpe, Fernando, sua Pessoa de múltiplos poetas,
Simulação, artimanha, sem dúvida é fingimento literário.
Você pensou, creio, que ao manter a poesia na sombra
Feita por heterônimos diligentes, poderia expor assim
Muitos traços de si, de seu lirismo congênito, loucura
Herdada certamente da avó paterna e disfarçada.

Bendito aquele que tem a loucura à flor da pele, herança
De uma simples avó, tecelã, cantora de voz branca,
Sempre afinada e doce, com maravilhosos olhos azuis.
Segredo à meia voz da casa, da família lúcida.

Enfim, Fernando Esquivo, homem sem rosto para os críticos,
Investigador confesso e
que zomba deste mundo aparente
Como uma criança encolhida a bordo de um barco imaginário.
agudo de signos e aparências
Degustador de moscatel e porto, ridículo, frenético:

Seu rosto inexistente, desculpe, Fernálvaro, Alricardo,
Converte-se na careta
Pela cidade anônima e silente, as pessoas veem passar
O poeta que leva quatro sombras consigo quando caminha
Direcionadas uma a uma para Ocidente, Norte, Sul, Leste;
Pontos cardeais circunspectos... Um chapéu e sua sombra.

Poema do indeciso

Diante da encruzilhada
você decidirá onde continuar seus passos

Deste lado você sabe que há espinhos e pedras
mas há nascentes e remansos
No final da tarde você duvidaria,
teria decidido passar pelo outro?

Por aquele você não conhece o caminho
apenas supõe que além do riacho
cujo percurso desenha uma interrogação
poderia ter vermes
frutos nocivos
espécies peçonhentas

No final da tarde duvidaria também,
teria sido melhor andar por outra vereda?

Mas neste momento
diante da encruzilhada
você terá que decidir por onde continuar

Se decidir não fazer
volte sobre seus passos
não assuma o risco de andar
pensa que no fim da tarde duvidará novamente

Você decidiria arriscar-se por algum
dos dois que a encruzilhada oferecia?

Origens

Livrar-se do húmus, evaporar-se.
Subir, vapor de água, até a nuvem indomável.
Esperar o momento de retornar à terra.
Apressar-se para o novo território da água.
Penetrar na terra.
Alcançar um repouso de séculos que retornam
ao sólido canal de pedra.
De novo nascente...

Poema do amor cego

O amor é cego
Apalpa as paredes do labirinto
para encontrar a saída

Toca com sua bengala
as bordas do caminho
e arrasta os pés
por uma trilha de areia

Ou sobre o papel
amarelado e sujo
as pontas de seus dedos
buscam decifrar
os códigos do ser amado

O amor cego decide enfim
ser feliz apesar de tudo

Mas cuidado
a felicidade é mais cega que o amor

Dispersões

I

ela tem o cabelo curto e seu rosto assume
os mais implacáveis amarelos, tensionam as cordas pensando
nos guerreiros que limpavam sua lança na entranha inimiga.
logo canta com a certeza de um pirata que encontrou
em seu mapa a exata localização do tesouro.

II

em seus pesadelos sou um estrangeiro que vê amadurecer
seu corpo. o mar é uma fruta verde que não podemos morder
porque a língua reconhece a traição e a despreza. o tigre
corre, apesar da bala em suas costelas, a poesia
não se cria nem se destrói, apenas se transforma. escrevo agora
que a teimosia imóvel da tartaruga me aviva o tempo.

III

com o violão rasgamos nossos ódios, nossos mais

amorosos rancores: ao cantar escolhemos a maneira de morrer.
permanecemos na morte.

Um pássaro (era marrom)

um pássaro (era marrom)
estava num galho
tanto espanto causou neste que escreve
que o fez deter-se
e assim tolo atordoado
abriu os olhos apontou para o galho
com o dedo que usa para isso
e o pássaro estava lá
em uma grande cidade
estava aquele pobre sofredor
o marrom acabrunhado
pressentindo a chuva
mas vivo e cantando

Você traz sua memória

Você traz sua memória,
garota,
sua história;
eu trago a minha.

Estão no travesseiro
  sem nada
de filosofia.

Esta mulher e eu

Esta mulher e eu, que somamos um século,
nos unimos no beijo original
sob um carvalho nu,
em uma cama de relva,
enquanto a luz do sol atravessa os galhos
como a ave que se aproxima do ninho.
Esta mulher e eu,
sobre a areia macia,
à sombra de uma rocha sem pecado,
giramos nossos corpos
umedecidos por uma só vontade.
Ainda que na verdade esta mulher e eu
estamos em uma cama conhecida,
imaginando, amando,
e no momento exato
nossos corpos irradiam uma luz
que escorre como o sol entre as folhas
ou uma gota na pedra
e a nascente da vida brota novamente
nestes dois corpos que já somam um século
mas não esqueceram a origem do mundo.

Johnny Weissmuller

O moleiro branco
cruzava o lago de Michigan
no inverno gelado
somente com a força de seus braços
e a poderosa cadência de pernadas.

Era uma criança encharcada
na água aventureira de suas fantasias
quando sonhava na Holanda
em ser tragada pelo mar.

A verdade é que o mar o carregou nas costas,
o devolveu ao continente americano
e ele ainda não sabia
que iria ocupar um lugar sagrado na selva.

Ainda não era o Tarzan do andar de símio e do grito tirolês
que depois cruzou a vida nadando.

O jovem nadador
chegou de Rotterdam
em um navio com o mesmo nome.

Cada mulher que teve atravessou com ele
piscinas de diferentes profundidades:
Pouco a pouco, Johnny aprendeu a conviver,
e com cada uma
seu tempo de resistência embaixo d'água era maior.

Muitos anos depois, em Acapulco,
senil e doente,
Johnny olhava a piscina de sua casa,
com o desejo de um último mergulho

A água refletia Jane nua
e o velho Tarzan segurava a respiração.
Por que um homem que alcança oito décadas de vida
não pode afundar nas águas do fim?

Se nascemos no líquido, nessa água teremos que morrer.

Tarzan olha insistentemente a piscina.

Por que todos não permitimos
que Johnny Weissmuller, moleiro branco,
entre na piscina de sua casa,
que espelha como um lago fraterno,
e lá no fundo enfim consiga a paz merecida?

Um andarilho

O velho maltrapilho, sujo,
vendo o horizonte desalinhado
manchou as ruas de Miami;
viciado na vista resplandecente das ruas.
O que para as boas consciências é ruim.

Tinha um chapéu estropiado, diziam alguns,
era um panamá, um chapéu-coco,
um boné de beisebol
como o que Sandy Koufax usava na costa oeste,
diziam os mais velhos.

Não, como o de um jovem arremessador de Dakota,
os mais novos diziam.
Usava para trás, como um vendedor de sorvete esfarrapado.
Ou como o quarterback do Miami Dolphins.
Ou torto para a direita, como os rappers.
Ou à esquerda.
O que para as boas consciências é ruim.

Ou era exatamente um chapéu em estilo gângster,
assim como Al Capone usava,
o velho Sinatra tinha outro,
quando nos baixos profundos do *Ol'man river*
chegou ao submundo
e as botas de Nancy sapateavam no centro da cidade.

Não se distraiam.
O que para as boas consciências é ruim.

Era um vagabundo arrastando os pés
pelas ruas da bela cidade ensolarada.
E para as boas consciências isso é ruim.

A polícia prendeu o velho seco, esquelético, magro;
encontraram nos bolsos de seu casaco roído
algumas folhas rabiscadas
e dobrada em quatro com descuido.
Foi detido por vagar pelas ruas de Miami.
O que para as boas consciências é ruim.

Como se chama, vagabundo,
disseram ao mesmo tempo o bom e o mau policial
Bob Dylan, respondeu o velho.
E, claro, como podem imaginar,
o mesmo há meio século,
a resposta ficou soprando no vento.
Os tempos estão sempre mudando.
O que para as boas consciências é ruim.

Diversidade multicor

O vaso aceita inúmeros e diversos buquês
que se dispersam atrativamente
em direção aos pontos de luz.
Flores que olham para lugares distintos,
bebem água irmanada e convivem no mesmo vaso.

Os amadores

Amadores cortam o cabelo
com talhos de navalha
e o tingem com cores explosivas.

Tatuam os braços e costas,
as coxas, o coração, o peito.

Eles ensaiam cambalhotas para festejar o gol.
Mas ainda não jogaram os noventa minutos.

Lutar

Ela disse que se eu quisesse sair, que saísse.
Eu entendi que ela queria que eu fosse embora.

Hesitei em sair.
Embora pensasse que ela queria que eu saísse.

Ela insistiu que eu saísse, se quisesse sair.
Entendi que ela insistia para eu sair.

Então respondi que sim, sairia.
Ela entendeu que eu queria ir embora.

Ainda duvidei se ela queria que eu saísse.
Eu não queria sair e fui.

Talvez ela não quisesse que eu fosse embora.
Com o tempo, pensei que eu não queria sair.

E entendi que ela não queria que eu fosse embora.
Mesmo que tenha dito que se eu quisesse sair, que saísse.

Doação de órgãos: as coisas que vi

Esses olhos viram coisas que me pesaram a pupila,
encararam outras mais que sufocam a íris
ou alteram sua resposta atordoada à luz.

Esses olhos diluídos por alguns livros,
surpreendido com cenas
que os cinemas de províncias censuravam,
tenho que doá-los
para que de outro corpo sigam vendo
coisas que não pretendo prever ou adivinhar.

Esses olhos em um tempo passado
deveriam alimentar os vermes;
hoje não concordo com o saber popular que o sugere.

Doarei meu fígado tingido de vinho
e os rins que resistiram bem
aos gerentes de tristeza.

Quem receber meu coração
conseguirá que pulsem suas alegrias privilegiadas;
terá chance de lhe causar seus ferimentos pessoais.

Peguem o que ainda oferece
um corpo partidário do amor
(embora nem sempre o tenha
exercido plenamente),

uma alma que desde a metade do século XX
veio para andar no mundo possível
e imaginar em torno do impossível.

Peguem o que pode ser útil
para que alguém possa novamente
ouvir uma música, tentar um beijo
ou dirigir seus olhos para o lugar que deseja.

Sonho ruim

O pesadelo é uma égua furiosa
Invade a quietude do sono e o perturba.
Pela fenda ofuscada do horror, torna-se um sonho ruim.
Lança à direita coices tortos.
Pare avidamente potros sangrentos
— não posso uivar, apenas meus gemidos relincham —
Aterrorizado noto que seus olhos perdidos
se dirigem maldosamente para os meus.

Caça

Para Edgar Valência

A bandeira do Canadá
é branco e vermelha;
a neve do Canadá
é branca;
o sangue das focas
é vermelho
sobre a neve branca.

Reflexão

O sangue é tão barato que se limpa com água,
é tão comum que se dilui na consciência
e corre igual nas veias dos indiferentes.

A desilusão

Se açoite.
Trance a chibata com videiras secas.
Zombe
— ramalhete de flores murchas
que se agita diante do seu rosto —
Se obrigue a respirar ar doente,
a beber água parada.
Distraia seus ouvidos com sons chororos.
Coloque um véu escuro na paisagem que anseia.
Faz o vinho azedo
fura a mão quando pegar a taça.

Canto pela terra onde os meus descansam

Os meus são de terra. Esta é a terra
onde jazem, ou não jazem, e os seus ossos
já são areia límpida?
pó confundido com o deserto?
Avós cujo sangue forma córregos
avançando no meio das árvores
e suas veias não têm a cor do líquido vermelho
que passeia pelas minhas
ou conservam a cor ainda que seu sangue tenha outra origem?
Aquele que andou no deserto como um sonho sedento
e não sabia que areias cobriam as cidades.
Aquele que semeou a umidade
e fazia pensar em esperança.
Aquele de mezcal e barro
que andou comigo até que o mundo
pôs uma enorme barreira entre suas águas e as minhas
e separou para sempre nossos canais.
(Essas águas também foram para o monte,
cruzaram os desertos ou isso não é verdade.)
Todos eles deixaram seus corpos abraçados à terra.
Nesta terra onde estão. Terra onde os meus descansam
e me esperam para o abraço final.

Oração

Ainda não terminei de chorar pelos meus mortos;
tenho um nó desnudo em minha garganta
porque não terminei de chorar pelos meus mortos.
O peito encurralado,
mãos trêmulas,
minha respiração demonstra que não terminei.
Todos eles vivem na minha memória.
Minha memória não para de chorar.
Ainda não terminei de chorar pelos meus mortos.

Ruídos

Para Nicolás

Um estrondo atroz de búfalos e trens.
A garganta do diabo: Foz de Iguaçu, Brasil.
É o motor de um barco, o mar da península.
O rugido de um avião partindo para Paris.
Mas às vezes um grito intempestivo na noite:
A portentosa Niágara que um menino de dez anos
 olha, desenha, inventa, imagina, deseja
e se atira ousado de um barril
imaginário que sobrevive e sorri entre a espuma
do sonho impenetrável.

Celebração de um homem que desperta num quarto de hotel

Pode ser que um homem se olhe no espelho esta manhã
e reconheça um amigo útil para conversar

Quando você pisca um olho, ele faz o mesmo
você sorri e o outro retribui

Pode ser que dessa sua boca
saiam algumas palavras
e o momento consiste em pronunciar palavras soltas
sem precisar de onde vêm e qual seu destino

Pode ser que naquele rosto
se mostrem vários sinais de vida
certeza de que o homem viu o sol
e às vezes tremeu de frio e solidão

E pode ser também que não se mostrem
outros testemunhos da dor
que moram em seu peito
ou os rastros de usura que se alojam em suas mãos

Não há evidências para dizer que o homem é triste
Pode até ser que esse homem seja um teimoso feliz

e que nesta manhã reconheça em seu rosto
mais um ano ou um século
e volte a piscar para o companheiro
e aquele faz o mesmo porque o estima
e pode ser que emita sons guturais
como o homem primitivo diante dos sonhos
como o antigo desafortunado diante de trovões
e relâmpagos

Com essa sua boca
o homem que se olha no espelho
diria palavras soltas
que para os outros não têm nenhum significado
e o homem que talvez pudesse
olhar-se no espelho
teria um segredo que o faz sorrir
e então o espelho mostrará um homem alegre

Tatuagem

Eu li as letras pequeninas na tatuagem em suas costas,
cheirei a flor que adornava seu tornozelo.

Os dias novos trouxeram para ela outras tatuagens,
outros viram as flores em seu tornozelo,
leram as letras pequeninas em suas costas.

O brilho em seus olhos ficará na minha memória:
a lua era uma tatuagem em suas pupilas.

Os outros na foto

ela temia que o amor que tinha por mim
fosse maior que o amor que eu tinha por ela

agora ela tem para quem dar o amor que tinha por mim
aquele que não quis me dar quando tinha
meu amor maior que o amor que ela tinha por mim

Aquele trem

Eu era uma criança
No trem para Chihuahua
a paisagem era um futuro frágil, arenoso e sem gente
A paciência rodava na alma com barulho de ferro
Um túnel escuro via meus temores
marcava as linhas ocultas do amargo destino

Na estação de madeira
uma menina do deserto voltou os olhos brilhantes para mim
Eu soube naquele momento
que nunca poderia encontrá-los de novo

Eu era uma criança
Via as linhas correndo ligeiras
até um lugar chamado horizonte
onde interrompiam seu destino

Quando criança a terra era plana
havia trens e sonhos
e eu nunca tinha perdido um amor
por não descer naquela estação oportuna e pontual

Desejo bom

Que a tia não morra.

Mas se ela morrer,
não me deixe dinheiro.

E se deixar dinheiro,
que eu não precise.

E se eu precisar,
que a tia não morra.

Mas se ela morrer,
não me deixe sua casa.

E se deixar sua casa,
que eu não precise.

E se eu precisar,
que a tia não morra,

para que viva em sua casa
e desfrute seu dinheiro.

A pirâmide

Subiam as rochas palmo a palmo, lentamente,
colocando-as no alto com o devido cuidado
e os mais velhos davam lugar aos mais novos
com a certeza: só os filhos dos filhos
de seus filhos chegariam ao fim.
Então a pirâmide crescia sob um sol limpo
com a alegre confiança de que haveria futuro.
O pico alcançava os entardeceres,
quando o sol se põe mais cedo no inverno.
E cada um fazia seu trabalho silente
sem pensar na fama, sabendo que o fim
nunca o tocaria. Nem seus filhos nem outros
(filhos de seus filhos). Erguer essas pedras
era confiar, acreditar no futuro. Todos.

O poema

Construo devagar, é só o que tenho.
Construo devagar porque sei que algum dia
quando não estiver presente, você poderá habitá-lo
ainda que por um momento.

Viemos de outros poemas

Viemos de outros poemas.
Apenas o ritmo lento é percebido
das formigas ao redor da jarra.
Em frente, na parede nua
insinua-se a argamassa que juntou cada tijolo
assado sob a terra como o pão da infância.

Uma rota

Passei pelo caminho, percorri, andei,
não pensem que sei como o fiz. Às vezes ia sozinho.

Outros climas me sombrearam,
houve chuva,
tempestades,
o sol saiu quando quis.

Era o mesmo caminho, mas em outro tempo.

Comecei do ponto onde vocês começaram,
não tenho certeza de como caminhei.

Convicção

Acreditamos que o dia infinito jamais chegaria.
Pensamos que talvez fosse inalcançável.

Estes versos avançam entre minha confusão,
aparecem na forma de segundos
e gotejam.

Enquanto saem com o traço reflexivo da lenta escritura
que os transporta no pulso com o ritmo de suas batidas,
este dia chegou e está acabando.
Embora acreditássemos que nunca viria
já se foi.

Diluído entre os dedos do movimento que escreve,
perde-se de vista.
E se afasta para trás, sempre no tempo.
Se afasta para trás até o dia infinito.

Fonte:
Georgia
Papel:
Cartão LD 250g/m2 e pólen Soft LD 80g/m2
da Suzano Papel e Celulose